UN MOT

SUR UNE BROCHURE

D'UN SAVANT DE CETTE VILLE.

UN MOT

SUR UNE BROCHURE D'UN SAVANT

de cette ville,

C'est une grande misère que de n'avoir pas assez d'esprit pour bien parler, ni assez de jugement pour se taire.

Caractères de La Bruyère.
De la Société et de la Conversation.

LYON.

IMPRIMERIE LITHO-TYPOGRAPHIQUE D'H. BRUNET ET Cⁱᵉ.

grande rue Sainte-Catherine, 11.

1840.

UN MOT

SUR UNE BROCHURE

D'UN SAVANT DE CETTE VILLE.

Le carnaval venait de finir, l'ouvrier mineur de reprendre ses pénibles travaux; Rive-de-Gier était tranquille, les causeries du coin du feu sans aliments, les veillées longues, et toute demande : QUOI DE NOUVEAU ? même réponse : RIEN.

Cependant l'arrivée d'un nouveau médecin vint ientôt animer un peu les conversations : — C'était un bien bel homme, bien ganté, bien paré, vrai médecin de petites-maîtresses ; Polonais d'origine, et, de plus, très savant. C'est chose qu'on a besoin de dire, quand on parle d'un médecin de cette nation ; car, chez eux, la science est si rare, que je ne sache pas qu'on ait jamais vu citer un savant de ce pays .... Mais enfin, la vérité du fait ne rendait la chose que plus belle, et Rive-de-Gier, cette ville si peu agréable pour l'étranger, devait s'estimer heureuse d'avoir pu attirer et fixer un homme de ce mérite ; car il fallait bien se rendre à l'évidence : Monsieur avait distribué des cartes de visite où il prenait le titre de membre de plusieurs sociétés savantes .... etc., etc.

Une seule chose était oubliée, c'étaient le nom de la faculté qui lui avait délivré son diplome de docteur, et ceux des sociétés savantes dont il faisait partie.

La science étant chose admise, tout le monde étant juge de la beauté, il ne fut bientôt bruit que du MÉDECIN POLONAIS : — c'était lui qui devait éloigner la mort du pays ; il ne tenait qu'à lui de faire arriver ses clients au moinsà cent ans ....

Alors à chacun de le vanter; car il faut avouer qu'il avait sur ses confrères le mérite incontestable de n'avoir encore perdu aucun de ses malades, et, comme il est dans la nature de l'homme d'être mortel, que c'est une vérité qu'il a peine à se persuader, il accueille avec bonheur tout ce qui promet mieux.... quitte à payer quelquefois son erreur de la vie.

Six mois s'étaient écoulés depuis son arrivée, lorsqu'on m'apprit qu'une brochure dont il revendiquait la paternité, avait paru.... Vous jugerez de mon empressement à me la procurer, lorsque vous saurez que toutes les chansons et poëmes de Raquil, les comptes-rendus de la municipalité sont des livres que je dévore.... L'intérêt que je portais à l'ouvrage était d'autant plus grand, qu'il traitait d'une maladie qui a été décrite bien des fois, et, malgré cela, à la première page il nous promettait un mode de traitement particulier d'une efficacité comparative extraordinaire.

Me voici donc son livre en main, le méditant, l'étudiant, et, à chaque feuillet que je passais, disant : « Jusqu'à présent rien de nouveau »; à la fin le jetant loin de moi, et jurant mes grands dieux qu'il fallait avoir moins que du sens commun pour écrire une semblable brochure, et oser dire qu'au moyen d'une méthode particulière on a obtenu des succès remarquables !.... Et cette méthode particulière est celle de Sydenham, de Cullen, d'Huxham, de Sauvage, de Louis, je dirais presque de Broussais ; mais peut-être que Monsieur ne le savait, et qu'il nous a donné comme nouvelle une chose qui n'était nouvelle que pour lui.

Nous allons le suivre dans quelques uns de ses paragraphes, et montrer la vérité de ce que nous avançons ; mais d'abord, un mot sur une vanterie par laquelle il débute :

« Monsieur a été appelé par le gouvernement à « donner des soins aux cholériques. »

C'est flatteur en vérité ! mais voyons comment il a été appelé par le gouvernement.

Lorsque, en 1832, le choléra sévissait à Paris, tous les étudiants qui avaient suivi les cours pendant deux ans étaient, lorsqu'ils le demandaient, envoyés à leurs frais dans les villes ou villages qui réclamaient leurs secours.... C'est à ce titre que

Monsieur a été appelé par le gouvernement, et ce hasard, qui le désigne pour soigner la grippe à Saint-Cyr, est le même que celui qui l'a amené ici pour soigner les catharres de l'hiver prochain. C'était, dans le premier cas, avoir montré assez d'amour de ses semblables, avoir fait une action assez belle de soi-même pour n'avoir pas besoin d'y ajouter une espèce d'obligation imposée par le gouvernement, chose qui, d'ailleurs, n'est pas vraie et n'est pas due à une distinction honorable.

L'auteur a pris pour épigraphe ce conseil d'Hippocrate : «Qui veut pratiquer la médecine avec « discernement, doit avant tout tenir compte des « saisons, des vents, des eaux, de la situation et de « l'exposition des villes, de la nature des aliments, « des boissons, des exercices et des travaux. »

Lorsque ce profond observateur donnait ce sage avis, il entendait qu'il fallait étudier l'influence que ces causes diverses pouvaient avoir sur l'apparution des maladies dans chaque localité et ce qui pouvait mener à s'opposer à leur développement en en détruisant le principe ; mais je ne sache pas que l'étude des lieux puisse jamais servir à rien, lorsqu'il s'agit d'une maladie épidémique qui embrasse une vaste étendue de pays, et sévit sans distinction de climats, de pays de plaine ou de montagne. Ainsi je ne pense pas qu'en parlant du choléra ou de la grippe, il nous eût donné la description du pays où il exerçait : tout au plus il aurait dit un mot de la constitution atmosphérique; et cela aurait-il influé beaucoup sur son mode de traitement? Convenons donc que l'application de l'épigraphe au cas actuel est un non-sens; mais peut-être nous donnera-t-il occasion d'admirer quelque belle page....

Mais non, on ne trouve rien qui prouve qu'il ait seulement lu le maître dont il nous a signalé l'avis. Au lieu de ses descriptions si claires, si précises, nous ne trouvons que quelques phrases sans suite, que quelques idées décousues qu'on pourrait s'étonner de voir réunies dans une brochure portant le titre de *mémoire sur la grippe*. Là, c'est une supposition absurde : Tarente, qui a été engloutie par un volcan, sans que le terrain soit volcanique. Là, c'est la tourterelle qui exprime ses sentiments d'amour; ici, l'Italien dévot qui n'est plus ce fier Romain qui dictait des lois au monde. Plus loin, il nous apprend que la politique du pays est arriérée; peut-être que ses habitants ne sont ni communistes ni partisans de la loi agraire, au grand déplaisir de l'écrivain. Flore et Pomone viennent à leur tour lui porter leurs inspirations. Ainsi vous saurez qu'il y a des cerises, des abricots et des raisins en province : c'est monsieur Kosciakiewiez qui l'affirme; vous en doutiez peut-être....

Mais donnons au lecteur un exemple de son style, et prenons au hasard.

« Par une belle nuit du mois de mai, à la clarté
« de la lune, fixez-vous sur le sommet d'un rocher
« de Beaumelle, là où les tumultueuses vagues
« de la mer irritée aiment à se briser avec fracas
« contre les bords escarpés; jetez un regard autour
« de vous. Quel spectacle majestueux vous impose
« la grandeur de la nature : la sérénité du ciel
« peint l'ame d'un homme vertueux ; .... les
« vagues turbulentes, celle d'un ambitieux ....
« Derrière vous un léger murmure des zéphyrs qui
« caressent doucement les fleurs et les feuillages,
« semble vous dire : C'est ici le séjour de l'innocence,
« de l'amour et du bonheur suprême .... Sous
« vos pieds est un précipice : c'est la fin de vos
« folles rêveries. »

Voilà qui, en vérité, a bien rapport à la grippe et à la description de Saint-Cyr. Lorsque j'étais en réthorique, notre professeur appelait ces morceaux DU GALIMATHIAS, et ce serait peut-être le nom qui conviendrait à toute la description ; car, après l'avoir lue avec beaucoup d'attention, j'étais à me demander si Saint-Cyr est situé dans un pays de plaine ou de montagne.

Parmi les maladies de cette localité qui frappent plus fréquemment le beau sexe, je vois citer avec surprise la nymphomanie, autrement dite fureur utérine, amour effréné des hommes. Ah! pour le coup, vous nous permettrez de croire que vos paroles ne sont pas évangile, et qu'on peut avoir une idée un peu plus favorable de la vertu des Saint-Cyriennes. En effet voilà dix ans que j'exerce, et je n'ai pas vu une seule fois cette maladie ; tous les auteurs s'accordent à la regarder comme très rare. Mais nous avons oublié que Monsieur est un bien bel homme ; c'était lui sans doute qui avait fait naître cette cruelle maladie, et, pour rendre la tranquillité aux maris, faire passer un mal incurable sous son absence, il s'est dévoué au salut de ses clients, abandonnant le bien-être, suite de la réputation que des succès merveilleux dans le traitement de la grippe lui avaient procurée. Dans tous les cas, si la chose est vraie, c'est une révélation qui eût dû répugner au bon-sens, je dirai même, à l'honneur d'un médecin dépositaire de ces secrets.

Suivons-le rapidement dans l'histoire de la maladie, et de ce traitement au moyen duquel il a obtenu de si brillants succès, quoique, à vrai dire, ce soit sans beaucoup d'espoir de rien trouver de bon : ses prémices nous ont fait prévoir de tristes conséquences. Nous voyons que Monsieur à reconnu des prodromes ou signes précurseurs à cette maladie ; et, tout fier de cette découverte, il demande humblement pardon à M. Dubois (d'Amiens) qui ne s'attendait guère à se voir nommer, d'avoir, comme lui, adopté une classification dont il lui reconnaît la priorité. C'est faire ici de la science bien maladroite ou, pour mieux dire, bien ignorante: M. Dubois (d'Amiens) n'a pas seul adopté cette classification, c'est celle de tous les auteurs modernes ; il est par conséquent bien loin de s'en attribuer la priorité. L'auteur ne connaissait-il que cet ouvrage ?

Quant à la partie où il traite de la thérapeutique, on voit là comme ailleurs, qu'il n'a pas eu une seule idée arrêtée en écrivant, pas même de prouver qu'à la fin il se souvenait de ce qu'il avait avancé au commencement; car, puisque dés la première page il nous déclare que sans la méthode antiphlogistique il a obtenu des succès inespérés, nous devions croire qu'il continuerait à la proscrire. Eh bien! pas du tout: il nous dit gravement qu'au début, lorsque la maladie est légère, la diète et les antiphlogistiques, autrement dits les émissions sanguines, doivent être employés sobrement, il est vrai; mais que, lorsque le mal empire, il n'est plus permis de rester spectateur inactif de ses progrès, et qu'alors il faut avoir recours à de nouvelles évacuations de sang. Quel autre conseil eût donné Broussais? Puis il nous apprend que très peu de gens sont morts à Saint-Cyr, et beaucoup ailleurs. Il l'attribue à son traitement, qui exclut les émissions sanguines.... Nous venons de voir quelle foi il faut ajouter à ses paroles.

Arrêtons là notre critique, qui eût pu être bien plus longue; car il n'est pas un paragraphe qui n'y donne prise; et, pour conclusion, engageons monsieur le savant Polonais à vouloir bien regarder sa brochure comme en demandant une seconde : cette première étant très peu propre à lui confirmer le titre de SAVANT qu'il se donne, le rieur pourrait dire que *la montagne en travail a enfanté une souris*, et croire qu'il est peu capable de faire mieux. Cette brochure a besoin d'une réhabilitation, sans quoi nous dirions aussi : Vous avez voulu jouer un rôle audessus de vos forces, et si nous avons un conseil à vous donner le voici : Continuez à soigner votre toilette, à faire parler votre extérieur, il est plus éloquent que votre plûme; car s'il est un *dit-on* qui vous soit applicable de tout point, c'est celui du renard de la fable, qui, considérant une statue, s'écriait : *Belle tête, mais de cervelle point.*